ASSOCIATION

LYONNAISE

DES DROITS DE L'HOMME

ET

DU CITOYEN.

Dans les antres de la chicane, on appelle *grand criminaliste* un barbare en robe qui sait faire tomber les accusés
dans le piége, qui ment impunément pour découvrir la
vérité, qui intimide les témoins, et qui les force, sans
qu'ils s'en aperçoivent, à déposer contre le prévenu ;
s'il y a une loi antique et oubliée, portée dans un temps
de guerres civiles, il la fait revivre, il la réclame dans
un temps de paix. Il écarte, il affaiblit tout ce qui peut
servir à justifier un malheureux, il amplifie, il aggrave
tout ce qui peut servir à le condamner; son rapport n'est
pas d'un juge, mais d'un ennemi. Il mérite d'être pendu
à la place du citoyen qu'il fait pendre.

(DICTIONNAIRE PHILOSOPHIQUE. — Criminaliste.)

ASSOCIATION LYONNAISE
DES DROITS DE L'HOMME ET DU CITOYEN.

RÉPONSE
COMPLÈTE
A CEUX QUI ACCUSENT LE PARTI RÉPUBLICAIN
DE VOULOIR L'ANARCHIE
ET LE BOULEVERSEMENT DE LA PROPRIÉTÉ.

PLAIDOIRIE DE M.e DUPONT POUR LE CAPITAINE KERSOSI,
DANS LE COMPLOT DES 27.

CLERMONT-FERRAND,
IMPRIMERIE D'AUGUSTE VEYSSET, LIBRAIRE,
RUE DE LA TREILLE, N. 14.
1833.

ASSOCIATION LYONNAISE
DES DROITS DE L'HOMME ET DU CITOYEN.

RÉPONSE
COMPLÈTE
A CEUX QUI ACCUSENT LE PARTI RÉPUBLICAIN
DE VOULOIR L'ANARCHIE
ET LE BOULEVERSEMENT DE LA PROPRIÉTÉ.

PLAIDOIRIE DE M.e DUPONT POUR LE CAPITAINE KERSOSI,
DANS LE COMPLOT DES 27.

MESSIEURS, de toutes parts on entend des voix lamentables qui s'élèvent et qui crient : « Nul pouvoir n'est respecté, l'anarchie s'est emparée des esprits de tous les citoyens. » Les hommes parlent ainsi, proclament de tristes vérités ; ils constatent des faits saillans pour tous les yeux ; mais constater des faits cela ne suffit pas, il faut encore en dire les lois, c'est à-dire en signaler les causes.

A toutes les causes de cette anarchie sociale, une cause nouvelle vient de s'ajouter. Vous la voyez dans ces tristes débats, qui ont ressemblé à tant d'autres, mais qui ont surpassé les plus scandaleux par leur triste originalité.

Nul pouvoir n'est respecté, dit-on, mais c'est qu'il n'est pas de nos jours un pouvoir qui se pose devant la société avec un caractère non douteux de moralité, ni même avec l'apparence d'un dévouement sincère aux intérêts sociaux.

Examinez la moralité de tous les pouvoirs... le plus haut de l'état, comment se présente-t-il à vos yeux ? Il faut le dire avec regret, il n'est plus dans nos cités qu'à l'état mesquin de parti politique. Au lieu de se faire le modérateur auguste et éclairé de tous les intérêts, il semble au contraire n'avoir d'autre mission que d'épouser la cause des intérêts matériels, contre d'autres intérêts à la fois matériels et moraux. Il s'est proclamé hautement le protecteur exclusif des intérêts des riches, au lieu de se faire à la fois le protecteur des intérêts des riches et le noble tuteur des souffrances des prolétaires. Enfin, il est réduit à vivre d'une espèce d'intrigue odieuse qui consiste à exciter une sorte de guerre civile entre les talens les plus matériels et les plus nobles sympathies de l'humanité.

Tous les autres pouvoirs secondaires, sous quelle apparence de moralité et de dévouement se présentent-ils au jugement sévère et éclairé de la cité ? N'avez-vous pas entendu naguère une voix s'écrier sans doute avec douleur : « Quel pouvoir, de nos jours, ne s'est pas avili, corrompu, prostitué ? » Et vous vous étonnez que ces pouvoirs subalternes ne soient pas respectés ! Depuis quand donc l'homme respecte-t-il la vénalité, la corruption, la prostitution ? Vos pouvoirs ne sont pas respectés ! C'est-là une preuve de la haute moralité de nos concitoyens. Ne vous en plaignez pas.

Mais il était un pouvoir en dehors de tous ceux-là, un pouvoir que la loyauté des citoyens aimait à environner de tous les prestiges de la moralité et de l'indépendance : le pouvoir judiciaire ; les peuples anciens avaient placé la justice dans le ciel. Ne semble-t-il pas que de nos jours des mains sacriléges veuillent la faire descendre de son trône céleste pour la jeter déshonorée dans la boue de nos cités ! (Mouvement.)

Il y a deux mois, M. le procureur-général, parlant en audience solennelle, est venu dire à la France que les travaux de son parquet étaient des travaux politiques, et deux mois après apparaît cet acte d'accusation que la France a déjà jugé. Faut-il y voir le triste commentaire de la phrase du procureur-général ? est-ce là la manière dont il entend les travaux politiques du parquet ? Des altérations de faits, des altérations des témoignages écrits, des falsifications de pièces, la supposition inexplicable d'un écrit dans le dossier de Kersosi ; la violation du secret des lettres, ou, ce qui n'est pas moins immoral, l'usage de ces lettres violées ; l'exhumation de documens jugés depuis plus d'un an dans d'autres procès; la violation du secret des affections les plus intimes ; la diffamation, l'injure, la calomnie, voilà les bases de l'acte d'accusation ; voilà la base de cet acte que l'on peut regarder, sans se tromper, comme le premier exposé des motifs de la loi future sur les forts détachés.

En présence d'une accusation aussi immorale, vous ne trouverez en nous que modération ; pour toute réponse je pourrais dire ces mots qu'un conventionnel célèbre répondait aux injustes attaques de ses ennemis : « Je vous rappelle à la pudeur. » (Mouvement.)

Une pareille accusation en présence de la presse, en présence du jury ! Mais l'éditeur responsable de cette accusation avait donc oublié que la presse veille pour dénoncer ses actes, que le jury veille pour les apprécier et les flétrir ! Et le procureur-général n'a pas craint de dire que le jury ne faisait pas son devoir ! Mais si vous voulez des juges pour condamner dans des accusations aussi immorales, ce ne sont pas des jurés qu'il vous faut ; il vous faut des commissaires, des commissaires aux lumières surnaturelles, auxquels vous puissiez dire en les remerciant de leurs succès, ce que Richelieu disait aux commissaires qui condamnèrent Marilhac : « Il faut avouer, messieurs, que vous avez eu l'inspiration de lumières surnaturelles ! »

Le pays ne doit plus s'étonner que le pouvoir demande que le jury ne puisse plus délibérer à haute voix, ne puisse parler dans la chambre des délibérations. Au pouvoir il faudrait un jury de muets ; sans cela il s'élèvera toujours des voix dans le sein du jury pour flétrir de pareilles accusations.

Jusqu'ici il y avait un axiome judiciaire regardé comme aussi sacré que la vérité, c'est à savoir que le doute est toujours favorable aux accusés. Mais nous sommes en progrès. M. le procureur-général a dit, en audience solennelle : « Dès que » le ministère public aperçoit du *doute* ; dès qu'il y a , d'a- » près sa conscience, *simple* présomption de délit, le minis- » tère public doit porter plainte et saisir la justice. » Eh bien ! soit ; poursuivez quand il y a doute. Mais ce qu'il y a de terrible, c'est que vous savez comment M. le procureur général fait naître des doutes pour sa conscience. Avec ces doutes qu'il fait naître en falsifiant les pièces, il emprisonne les citoyens, les retient six mois en prison, les ruine, les réduit à la misère ; il épouvante le pays en lui présentant des fantômes de complot, en le menaçant de tentatives insensées de loi agraire, en menaçant le pays d'une nouvelle terreur.

On a réveillé dans ce procès tous les souvenirs judiciaires de l'ancienne monarchie, et même du tribunal révolutionnaire.

Sous l'ancien régime, Laubardemont disait : Donnez-moi deux lignes de l'écriture d'un homme et je me charge de le faire pendre ; Laubardemont interprétait, torturait le sens des phrases , mais l'histoire ne dit pas qu'il les falsifiât. De nos jours on a surpassé Laubardemont. Laubardemont n'en était qu'au système de l'interprétation ; on a inventé la théorie de la castration des pièces.

Le tribunal révolutionnaire condamnait des citoyens accusés de modérantisme ; dans cette enceinte il n'y a pas d'autre crime reproché à Raspail. Vous jugerez Raspail pour un fait de modérantisme !

Enfin , on a dépassé de beaucoup les doctrines des accusateurs de la restauration. Hier Raspail vous a rappelé les sanglans souvenirs du procès de Bories. Dans cette affaire, M. Marchangy disait :

« Ce n'est pas comme carbonari que l'on poursuit les accu- » sés ; mais comme conspirateurs. S'il est vrai que les car- » bonari ne s'associent que pour renverser le gouvernement; » si leurs statuts, leurs sermens , leurs cotisations , si tout » leur régime occulte n'a que ce but criminel, il en résultera, » non pas que tout carbonaro est conspirateur , mais que » tout carbonaro est en état de disponibilité pour le fait de

» conspiration. Nous disons donc que la charbonnerie est
» une aptitude à conspirer ; dès lors, nous le répétons, le
» titre de carbonaro qui, par lui-même et à lui seul ne sera
» pas une preuve suffisante pour signaler dans celui qui le
» porte un conspirateur, sera cependant contre lui une
» présomption qui de là pourra guider la justice sur la
» trace des faits tendant à établir ce qui, aux termes de la
» loi, constitue le complot. »

Et l'on n'a pas craint de dire que Raspail, par cela seul
qu'il était d'une société ennemie de la monarchie, publiant
des doctrines en opposition avec les doctrines monarchiques,
était en état de complot légal ! Que voulez-vous que je vous
dise ? L'ombre de Marchangy vous réfute.

Messieurs les jurés,

Après cela, étonnez-vous qu'aucun pouvoir ne soit respecté ! Maintenant vous savez la cause de ce triste phéno-
mène.

Il y a deux choses dans ce procès, des faits et des doctrines. Les faits sont rendus criminels par les opinions des
accusés. Il faudra donc examiner les faits et les doctrines.
Nous nous placerons loyalement sous le drapeau de la Société, la déclaration des Droits de l'Homme et du Citoyen.
Nous prouverons que ses doctrines sont morales, sociales,
progressives, seules capables de mettre un terme à nos agitations sociales.

Après avoir examiné les faits constitutifs du complot, et
balayé tous les argumens de l'accusation, Me Dupont arrive
à l'examen de la constitution et des doctrines de la société
des *Droits de l'Homme.*

On attaque le caractère secret de la société des *Droits de
l'Homme,* attaque bien injuste, car on a fait la société coupable d'une nécessité qu'elle subit malgré elle. Si son organisation est secrète et fractionnée, c'est que votre loi lui défend
la publicité, et l'empêche d'avoir un caractère collectif. N'a-
vez-vous pas déjà proscrit la publicité de la société des
Amis du Peuple ? Vous êtes donc injustes quand vous atta-
quez le caractère secret de la société ; si elle se livrait à la
publicité, vous diriez que c'est un club ; si elle subit le secret, vous dites que c'est une conspiration.

Par ma voix, la société vous demande la publicité ; faites
une loi qui permette à la société de se réunir sous les yeux
du public, sous les yeux même de la police, tous ses actes
alors pourront être jugés par l'opinion.

Ici Me Dupont établit que le caractère de la société est
uniquement un caractère de propagande républicaine, qu'elle
n'a point une organisation militaire, que l'agent de police
Rouillé a déposé que les sections n'étaient point armées. Il
rappelle qu'il y a aux pièces un procès-verbal d'une séance
de section, dans laquelle un membre proposa à cette section

d'apprendre le maniement des armes, ce qui prouve évidemment contre le caractère militaire de la société. Car on n'eût pas fait cette proposition dans cette section, si l'apprentissage des armes et l'organisation militaire eussent été le droit commun de la société. Il continue en ces termes :

Je dois vous dire, messieurs, l'origine de la société des *Droits de l'Homme*. Avant et pendant ce procès, on a cherché à soulever de vastes haines contre la société; on a inscrit malgré elle sur son drapeau : « Pillage et loi agraire. » Peut-être cet exposé aura-t-il pour résultat d'apaiser d'injustes préventions, de calmer des haines aveugles.

Chaque siècle, chaque époque a rempli une mission dans le développement progressif de l'humanité. Le 19e siècle a eu sa mission à remplir; et il me semble que la société des *Droits de l'Homme* a parfaitement senti le caractère de sa sainte mission.

Ainsi l'antiquité avait des esclaves et des hommes libres; le platonicisme, traduit en christianisme, a émancipé les esclaves. Ils étaient des *choses*, ils sont devenus des *hommes*.

Le moyen-âge avait des serfs et des seigneurs ; le christianisme ou plutôt l'industrie ont affranchi les serfs.

Le 18e siècle avait encore des nobles et des roturiers ; la philosophie du 18e siècle a rabaissé le noble au rang du bourgeois.

Le 19e siècle, je le répète, à une mission à remplir, c'est l'affranchissement moral et politique des prolétaires. Il doit aussi chercher à calmer leurs souffrances, à améliorer leur sort matériel.

Cette noble tâche devrait être celle des gouvernans. En 1830, on crut qu'il en serait ainsi, lorsque le gouvernement provisoire proclama ces mots : « Les vertus sont dans toutes » les classes, toutes les classes ont les mêmes droits : ces « droits seront assurés. »

Ces promesses ont été oubliées, trahies même : lors des événemens de Lyon, le gouvernement fit dire par ses journaux que les ouvriers étaient des barbares ; en 1833, on est coupable, aux yeux de M. Persil, pour rappeler aux prolétaires qu'ils sont hommes comme les riches.

Abandonnés par les classes riches et le gouvernement, les prolétaires durent en appeler à eux-mêmes. Ils s'associèrent pour s'instruire de leurs droits, pour se demander s'ils étaient hommes, s'ils étaient citoyens ; ils s'associèrent pour réclamer la conservation de leurs titres d'hommes et de citoyens. L'association, comme vous le voyez, doit être attribuée aux fautes du gouvernement et à l'oubli impardonnable des intérêts d'une classe nombreuse et souffrante.

Des hommes plus riches, des écrivains, des avocats, sympathiques pour toutes les idées grandes et généreuses, se joignent aux prolétaires, pour les aider dans la noble conquête de leurs droits ; ils élèvent la voix pour réclamer, en face du pays, l'amélioration morale et matérielle du sort de tant d'hommes qui sont nos frères et nos concitoyens, et qui souffrent d'une manière si cruelle les mépris de la loi politique et les tortures de la misère.

Trouvez-vous quelque chose d'anti-social dans le but de la société ? Il me semble, au contraire, qu'il y a dans ces travaux un but noble, généreux, utile aux prolétaires, utile surtout aux classes riches. L'histoire ne vous dit-elle pas que bien des agitations sociales, que des révolutions même sont nées des souffrances insupportables des prolétaires ? Ne comprenez-vous pas que la tranquillité de vos cités est soumise à cette condition, que la classe la plus nombreuse puisse vivre par le travail ? ne comprenez-vous pas que si le travail ne peut la nourrir, il est du devoir de la politique, encore plus que de l'humanité, de venir au secours de ses souffrances ? Voilà la condition de sécurité pour vos richesses, pour votre industrie ; et c'est là une condition impérieuse, du joug de laquelle les armées les plus nombreuses ne peuvent vous affranchir pour long-temps.

Mais pourquoi la société a-t-elle arboré la déclaration des droits proposée à la convention par Robespierre ? Pourquoi n'avoir pas choisi celle qui fut proclamée par la convention, en tête de la constitution de 1793 ? La convention vous a-t-elle donc paru trop modérée ?

Je vous proteste, messieurs, que le nom de Robespierre n'a été pour rien dans ce choix, et je vous le prouverai jusqu'à la dernière évidence ; je vous proteste que la déclaration de ce célèbre représentant n'a été préférée que parce qu'elle est la plus avancée de toutes les déclarations connues ; parce qu'elle est la plus philosophique par la pensée, malgré le caractère un peu déclamatoire du style ; parce qu'elle est la seule qui ait cherché à résoudre par les voies pacifiques le problème suivant : « Conserver le droit de propriété et le » caractère individuel de la propriété actuelle, et cependant » améliorer le sort de la classe la plus nombreuse. »

Dans ce problème, il n'y a rien d'anarchique, rien d'agraire, rien de terroriste ; ôtez le nom de Robespierre, c'est l'œuvre d'un philantrope éclairé, d'un politique profond. C'est qu'il y avait deux hommes dans Robespierre : l'homme de la lutte violente contre la royauté, contre les nobles, contre le clergé, contre les corrompus de son parti, contre l'étranger et l'homme de l'avenir qui devait succéder à cette lutte sanglante. L'homme du comité de salut public, je l'abandonne au jugement de tous les partis ; l'homme philosophe, je le recommande à votre examen consciencieux ; vous devez juger ses ouvrages, comme vous jugez tous les ouvrages philosophiques.

La déclaration des droits, c'est l'œuvre de Robespierre philosophe, il la présentait comme une espérance consola-trice pour l'avenir, comme un arc-en-ciel qui annonçait que l'orage le plus violent aurait une fin.

C'est une erreur de dire que la *Déclaration des droits de Robespierre* fut repoussée avec indignation par la conven-tion. Ce mensonge historique a été imprimé dans le réquisi-toire que M. Franck-Carré fulmina en avril dernier contre la société des *Droits de l'Homme*. Le gouvernement a inondé le pays du réquisitoire, à ce point que je l'ai retrouvé sur le point habité le plus élevé des montagnes du Cantal. Mais cette assertion mensongèrement historique, quoiqu'elle ait été imprimée et publiée sous les auspices officiels du gouver-nement, ne reçoit pas moins un démenti officiel et authen-tique de la part du *Moniteur*. A la date du 25 avril, ce jour-nal, après avoir rapporté le discours de Robespierre qui précéda la proposition de sa déclaration, inscrit ces li-gnes : « Il descend de la tribune au milieu d'applaudissemens unanimes. »

C'était encore une erreur ou un mensonge, lorsqu'on a dit et imprimé que la convention trouva cette déclaration si anarchique, que le 1er juillet 93 elle fit une loi qui punissait de mort tout homme qui répandrait des exemplaires de la *Déclaration des droits de Robespierre*. Lisez le rapport fait par Héraut-Séchelles (1er juillet 93), au nom du comité de salut public, qui sert d'exposé de motifs à la loi ; vous y ver-rez que la loi est dirigée contre *les nobles et les aristocrates* qui, pour dépopulariser la convention dans les campagnes, colportaient sous le nom de la convention de faux projets de constitution, où le partage de tous les biens était pro-clamé.

Je ne vous lirai pas cette déclaration tout entière, mais entendez au moins la définition de la liberté : « La liberté » est le pouvoir qui appartient à l'homme d'exercer à son » gré toutes ses facultés ; elle a la patrie pour règle, les » droits d'autrui pour bornes, la nature pour principe, et » la loi pour sauve-garde. » Ne trouvez-vous pas que cette définition si auguste, si belle et si juste, vaut bien la dé-finition que M. Dupin, l'adversaire de Robespierre, a livrée à la publicité : « La liberté est le droit de faire tout ce qui » n'est pas défendu par la loi. »

Mais examinons froidement et consciencieusement les ar-ticles de la déclaration qui ont le plus soulevé les craintes ou les passions.

L'art. 6 définit ainsi la propriété : « La propriété est le » droit qu'a chaque citoyen de jouir et de disposer à son » gré de la portion de biens qui lui est garantie par la loi. »

C'est ce mot *portion* qui a fait croire que Robespierre était le partisan d'une loi agraire ; c'est ce mot qui a fait dire à M. Dupin que Robespierre et la *Société des Droits de l'Homme* voulaient réduire tous ceux qui possèdent à *la portion congrue.* Au lieu de faire un bon mot, M. Dupin aurait beaucoup mieux fait de lire le discours de Robespierre, présentant le texte de la déclaration. Voici ce discours, qui est le meilleur commentaire de l'art. 6 de la déclaration.

» Je vous proposerai d'abord quelques articles nécessaires pour compléter vos théories sur *la propriété!...* Que ce mot n'alarme personne ! âmes de boue qui n'estimez que l'or, je ne veux point toucher à vos trésors, quelque impure qu'en soit la source. Vous devez savoir que cette loi agraire, dont vous avez tant parlé, n'est qu'un fantôme créé par les fripons pour épouvanter les imbéciles. Il ne fallait pas une révolution, sans doute, pour apprendre à l'univers que l'extrême disproportion des fortunes est la source de bien des maux et de bien de crimes, mais nous n'en sommes pas moins convaincus que l'égalité des biens est une chimère ; pour moi, je la crois moins nécessaire encore au bonheur privé qu'à la félicité publique. Il s'agit bien plus de rendre la pauvreté honorable, que de produire l'opulence ; la chaumière de Fabricius n'a rien à envier au palais de Crésus : j'aimerai bien autant pour mon compte être l'un des fils d'Aristide, élevé dans le Prytanée aux dépens de la république, que l'héritier présomptif de Xercès, né dans la fange des cours pour occuper un trône décoré de l'avilissement du peuple, et brillant de la misère publique.

» Posons donc, de bonne foi, les principes du droit de propriété : il le faut d'autant plus qu'il n'en est point que les vices des hommes n'aient cherché à envelopper de nuages plus épais.

» Demandez à ce marchand de chair humaine ce que c'est que la propriété:... Il vous dira, en montrant cette longue bière qu'il appelle un navire, où il a encaissé et serré des hommes qui paraissent vivans : voilà mes propriétés ; je les ai achetées tant par tête.

» Interrogez le gentilhomme qui a des terres et des vassaux, et qui croit l'univers bouleversé depuis qu'il n'en a plus.... Il vous donnera de la propriété des idées à peu près semblables.

» Interrogez les augustes membres de la dynastie capétienne..... Ils vous diront que la plus sacrée de toutes les propriétés est sans contredit le droit héréditaire dont ils ont joui de toute antiquité, d'opprimer, d'avilir et de pressurer légalement et monarchiquement les vingt-cinq millions d'hommes qui habitaient le territoire de la France sous leur bon plaisir.

» Aux yeux de tous ces gens-là, la propriété ne porte sur aucun principe de morale. Pourquoi notre déclaration des droits semble-t-elle présenter la même erreur en définissant la liberté, le premier des biens de l'homme , le plus sacré des droits qu'il tient de la nature? « Nous avons dit avec raison qu'elle avait pour borne le droit d'autrui. » Pourquoi n'avez-vous pas appliqué ce principe à la propriété, qui est une institution sociale, comme si les lois éternelles de la nature étaient moins inviolables que les conventions des hommes! Vous avez multiplié les articles pour assurer la plus grande liberté à l'exercice de la propriété. Vous n'avez pas dit un seul mot pour en déterminer la nature et la légitimité ; de manière que votre déclaration paraît faite, non pour les hommes, mais pour les riches , pour les accapareurs, pour les agioteurs et pour les tyrans.

» Je vous propose de réformer les vices en consacrant les vérités suivantes :

1o La propriété est le droit qu'a chaque citoyen de jouir et de disposer de la portion de biens qui lui est garantie par la loi ;

2o Le droit de propriété est borné , comme tous les autres, par l'obligation de respecter le droit d'autrui ;

3o Il ne porte préjudice ni à la santé, ni à la liberté, ni à l'existence, ni à la propriété de nos semblables ;

4o Toute possession , tout trafic qui viole le principe, est illicite et immoral. »

Mais il n'était pas même nécessaire d'avoir lu ce discours pour savoir que Robespierre n'avait jamais demandé de loi agraire, il suffisait de lire quelques autres articles de la déclaration , notamment l'art. 11 : « Les secours indispensables à celui qui manque du nécessaire sont une dette de celui qui possède le superflu. » Dans la république de Robespierre, il y avait donc encore des pauvres et des riches. Mais si on avait dû, d'après la déclaration, partager également la fortune publique, il n'y aurait plus eu ni riches ni pauvres. Dès lors, la déclaration portait en elle-même la preuve qu'elle n'était pas dominée par la pensée d'une loi agraire. On n'avait donc pas su la lire, ou bien on l'avait lue avec mauvaise foi.

Une fois que le caractère anti-agraire de l'art. 6 est bien constaté, il ne me reste plus à examiner que deux questions : La distinction est-elle juste, rationnelle? la rédaction est-elle vicieuse ou exacte ?

M. Dupin , d'après M. Portalis , dit que la propriété « est un droit inhérent à l'être humain, et non le résultat d'une loi positive ou d'une convention humaine » (1). Cette définition est l'arrêt de condamnation de la révolution toute entière. La nation devrait restituer les biens du clergé, les

(1) Voir le discours de M. Dupin , prononcé à la cour de cassation le 8 septembre.

dîmes, les priviléges de la noblesse, les jurandes, les bana-
lités, enfin tous les anciens droits seigneuriaux, et même
les droits de cuissage et de jambage ; car tout cela constituait
des propriétés qui, dès lors, doivent paraître à M. Dupin des
droits inhérens à l'être humain, et non le résultat d'une loi
positive ou d'une convention humaine !

Si la définition de l'école de M. Dupin est vraie, il faut
déchirer tous nos Codes. De quel droit limitez-vous la durée
de la propriété littéraire et des inventions ? Comment légitimez-vous vos lois sur les expropriations publiques, les
lois sur les alignemens des maisons, sur l'espèce de pros-
cription qui rejette hors des villes certains étaolissemens
d'industrie ? Comment légitimez-vous vos lois qui limitent
et règlent l'exploitation des mines, des carrières, des marais
salans ? Comment légitimez-vous les lois qui limitent l'im-
portation et l'exporation des grains, la culture du tabac, le
droit d'ouvrir des bals publics ou des théâtres, le taux de
l'intérêt de l'argent, la faculté des donations entrevifs ou
testamentaires ? Comment osez-vous établir vos impôts qui
sont un prélèvement si onéreux sur les fruits annuels de la
propriété ? Toutes vos lois n'ont plus de base logique ; elles
sont toutes des démentis du principe posé par vous, des
attentats à la loi de nature telle que vous la proclamez.

Condorcet avait proposé à la Convention de se déclarer
pour la définition de la propriété comme droit inaliénable,
inhérent à la nature de l'homme, non modifiable par les lois
humaines, et la Convention accepta ce point de vue qu'elle
légifera de la manière suivante :

« Art. 17. Le droit de propriété consiste en ce que tout
» homme a le droit de disposer à son gré de ses biens, de
» ses capitaux, de ses revenus, de son industrie. »

Ainsi, nulle réserve de modifier la propriété, de la rendre
sociable, de l'harmoniser avec tous les droits des tiers et
tous les besoins de l'état. Ainsi c'était une protestation, faite
sans réflexion, contre tout le passé de la révolution, et
c'était aussi un empêchement à toute espèce de lois civiles et
économiques, qui ne sont que des modifications apportées
au droit absolu de la propriété.

Robespierre protesta contre cette définition, et vous
comprenez maintenant la cause de son discours et de sa proposition.

La convention ajouta : « Art. 18 : Nul genre de travail,
» de culture, de commerce ne peut lui être interdit ; il peut
» fabriquer, vendre et transporter toute espèce de produc-
» tions. »

Ici nulle réserve encore pour les droits du tiers, pour l'intérêt social, même pour les intérêts les plus sacrés de l'humanité. Par l'art. 18, la traite des noirs pouvait se déclarer
légitime, se déclarer droit naturel.

Robespierre protesta encore contre cet article 18 , et proposa cette rédaction : « Tout trafic qui viole ce principe » (c'est-à-dire , la santé, la liberté, l'existence de nos sem-» blables) est essentiellement illicite et immoral. »

Nous avons vu les raisons pour et contre ; maintenant citons les autorités : pour la propriété comme droit immuable et immodifiable , M. Dupin et M. Portalis; puis la convention, qui, 19 jours après la promulgation de ses principes, les violait en limitant la durée de la propriété littéraire, de cette propriété qui est la plus intime à l'homme, puisqu'elle est une création de l'homme lui-même. Pour la propriété de droits résultant de la loi humaine, Grotius, Puffendorff, Pothier lui-même, Bentham, Mirabeau, et la raison, et la logique , et tous les codes.

Vous comprenez maintenant pourquoi la société des *Droits de l'Homme* a préféré la déclaration de Robespierre à celle de la Convention.

Mais la rédaction de l'article 6 est-elle bonne? Cette rédaction ne fait-elle pas dire à la pensée de Robespierre autre chose que ce qu'il a voulu dire?

La rédaction est bonne, sous quelque point de vue philosophique que l'on se place.

Etes-vous de l'école philosophique des droits naturels? Par le droit naturel, vous reconnaissez que tous les hommes avaient un droit égal de co-propriété sur tous les objets compris dans le milieu où ils écrivaient. Vous avouez que c'est par suite d'une convention que la co-propriété a cessé, et que le partage a eu lieu. Qu'est-il arrivé au moment de ce partage? Au lieu de sa co-propriété dans toutes les choses du globe, chaque homme a reçu une *portion* de ces choses; et la société s'est engagée à la lui garantir. Dès lors, en ce moment, s'il y avait eu un légiste pour définir la propriété, il n'aurait pu la définir autrement que de la sorte : La propriété est le droit qu'a chaque homme de jouir et de disposer à son gré de la portion de biens qui lui est garantie par la Convention, du partage par la loi.

Robespierre, appartenant à l'école de Rousseau, à l'école des droits actuels et de la propriété originaire, devait donc définir la propriété divisée, la propriété individuelle, comme il l'a fait.

Les criailleries que l'on a poussées contre sa définition de la propriété n'ont donc pas d'autre cause qu'une ignorance historique et philosophique. On ignorait l'histoire des idées dans l'école du droit naturel ; on ignorait que Robespierre appartenait à cette école.

Voulez-vous vous placer sur le terrain des idées positives, des écoles positives ? la définition de la déclaration n'est pas moins exacte.

Dans ces écoles, le territoire et les capitaux forment le ca-

pital social qui doit être exploité pour que l'humanité puisse
vivre. Il est plus utile que ce vaste capital social soit exploité
divisément qu'en commun, par l'individu co-propriétaire
ou propriétaire, que par l'homme, comme manœuvre de la
cité. Le meilleur moyen de faire travailler l'homme, c'est
de garantir à lui et à sa famille, les fruits acquis par son travail. Voilà l'analyse de cette école.

Maintenant, voilà les faits sociaux que réglemente cette
école : 1o. Chacun possède une portion plus ou moins forte
du capital social qu'il a acquis soit par hérédité, soit par
achat ; 2o. la loi lui garantit cette portion, et par suite les
augmentations que son travail peut y ajouter. De ces deux
faits, résulte un fait complet, qui constitue la propriété et
qu'il faut nécessairement définir ainsi : La propriété est le
droit de jouir de la portion de bien garantie par la loi. »

Je pourrais ajouter bien d'autres raisons pour justifier la
rédaction de la déclaration, mais le développement de celles
que je vous ai données est déjà trop long, et peut-être trop
fastidieux. Mais il me suffit de vous exposer les principaux
motifs qui ont fait préférer la rédaction de la déclaration de
Robespierre à celle de la déclaration de la convention.

Il est une autre idée de la déclaration qui a été violemment attaquée : elle est contenue dans l'art. 11 : « Les secours
indispensables à celui qui manque du nécessaire sont une
dette de celui qui possède le superflu. » Il appartient à la loi
de déterminer la manière dont cette dette doit être acquittée.

M. Frank-Carré, lors de son fameux réquisitoire, fut
pris d'une profondeur d'esprit si surnaturelle, qu'il vit dans
cet article la loi agraire tout entière ; il le dit, du moins.
Que voulez-vous répondre à un pareil fanatisme de réquisitoire ? M. Frank-Carré n'a donc de pitié que pour les riches ! Vous, messieurs, rappelez-vous que Rome antique,
à côté du temple de Plutus, avait élevé un temple à la Pitié,
et que vous êtes chrétiens !

Vous êtes aussi hommes politiques, messieurs, et vous
verrez dans cet article une grande portée politique. Celui
qui le proposait sentait que la tranquillité de la cité ne peut
exister que lorsque les pauvres ne meurent pas de faim, et
par son article, il atteignait un double but d'humanité et
de tranquillité sociale. Cet article valait mieux que tous les
sergens-de-ville de M. Gisquet, et peut-être ne coûterait pas
plus cher.

Autre article plus violemment attaqué. « Les citoyens
» dont les revenus n'excèdent pas ce qui est nécessaire à
» leur subsistance, sont dispensés de contribuer aux char-
» ges publiques ; les autres doivent les supporter progres-
» sivement selon l'étendue de leur fortune. » (Art. 12.)

On a encore vu là une conséquence de la loi agraire, dont
on s'obstinait à plaisir à imputer l'idée à la Déclaration.

Deux mots , messieurs , pour vous expliquer la portée morale et politique de cet article. •

Robespierre avait fait dans sa pensée le bilan de ce que les différentes classes de la société avaient gagné pendant les trois années de révolution qui avaient précédé.

Avant 1789, le clergé et la noblesse ne payaient pas d'impôts pour leurs terres , et ils possédaient une immense partie du territoire français

En 1789 , le tiers-état voulut faire payer l'impôt territorial au clergé et à la noblesse. Ces deux corps résistèrent. Les bourgeois , propriétaires de terres surchargées d'impôts, appelèrent les prolétaires à leur aide. Les prolétaires combattirent , versèrent leur sang devant la Bastille , comblèrent les fossés de leurs corps. La noblesse et le clergé furent vaincus et obligés de payer.

A cela que gagna le prolétaire? Rien , car il n'avait pas de terres imposables; les bourgeois seuls firent un grand bénéfice.

Plus tard le clergé fut dépossédé , et l'on confisqua les propriétés de la noblesse émigrée. L'état vendit ces vastes domaines , et fut obligé, par les circonstances du moment , de les vendre à bas prix. A qui ces ventes à bas prix profitèrent-elles ? aux bourgeois, aux petits capitalistes. Aux prolétaires ? Non , car le prolétaire , vivant de son travail au jour le jour , n'avait ni argent, ni crédit pour acheter ces terres ; quel que fût leur prix.

Qui profita de l'abolition des dîmes ? Les propriétaires-bourgeois qui furent dispensés gratuitement et comme par une espèce de cadeau , de payer ce surcroît d'impôt au clergé. Les prolétaires ? Non , car ils n'étaient pas propriétaires. La suppression gratuite des dîmes fut une chose immorale et impolitique de la part de la Constituante. Depuis des siècles, les propriétaires étaient accoutumés à payer les dîmes. Ces dîmes avaient une destination sainte, celle de soulager les malheureux. Le clergé avait oublié depuis long-temps que ces dîmes n'étaient qu'un dépôt qu'on lui confiait pour soulager le prolétaire indigent. Cet oubli était une raison suffisante pour dépouiller le clergé du droit de percevoir les dîmes ; ce n'était pas une raison pour les supprimer. Il fallait que l'état continuât à les percevoir au profit des indigens. Ainsi, l'abolition des dîmes n'avait pas profité aux prolétaires , et même leur avait nui , en leur enlevant le peu que quelques membres honnêtes du clergé restituaient avec fidélité à l'indigence.

Mais l'égalité de l'impôt territorial (impôt dit proportionnel) profita-t-elle par contre-coup aux prolétaires ? Non, parce qu'un impôt territorial égal à l'ancien , plus à celui prélevé sur les terres nobles et ecclésiastiques , fut nécessaire d'abord pour empêcher l'ancien déficit de se renouveler, et pour parer à tous les besoins du moment ; de plus, tous les anciens impôts non directs durent être conservés sous leurs anciens noms ou sous des noms nouveaux, et c'étaient ces impôts-là qui frappaient le plus directement sur les consommations des prolétaires.

Ainsi, jusques en 1793, le prolétaire n'avait rien gagné en bien-être matériel ; au contraire, il avait perdu. Ce fut à cette époque que Robespierre voulut que la révolution fit quelque chose pour le bien-être matériel des classes pauvres.

Comment voulut-il améliorer leur sort? Par une loi agraire? Non, je vous l'ai prouvé. Mais par une loi sur l'impôt, qui organisât l'impôt de manière à ce qu'il ne frappât pas sur les pauvres, mais qu'il frappât sur les riches ; qu'il n'enlevât pas même le nécessaire à l'indigent, mais qu'il ne fit que prélever une part du superflu de la richesse ou de l'aisance ; de manière à ce que l'impôt frappât la richesse d'un fardeau *progressivement* plus fort à mesure qu'elle était plus richesse, si je puis m'exprimer ainsi. En un mot, Robespierre demandait à la Convention de substituer l'impôt *progressif* à l'impôt *proportionnel* qu'elle conserva dans sa déclaration.

La société des *Droits de l'Homme* demande également l'impôt progressif, non pas cet impôt géométriquement progressif qui demande 1 p. 100, et par une conséquence rigoureuse 100 p. 110, de manière à rendre un homme tout à fait pauvre parce qu'il était riche ; mais un impôt moralement progressif qui frappe de plus en plus la richesse à mesure qu'elle s'élève, en lui laissant largement la plus grande partie des fruits de ses propriétés.

Quand l'impôt progressif sera établi, le prolétaire aura enfin reçu sa part des bienfaits matériels de la révolution ; sa part de jouissances sociales, non pas en prenant la propriété des riches, mais en conservant le peu qu'il gagne en souffrant moins.

Si cet impôt avait été établi depuis 1793, nous n'aurions pas de nos jours ces discordes entre les maîtres et les ouvriers, nous aurions moins de ces déclamations contre la richesse. Tous les citoyens y auraient gagné, le prolétaire serait moins malheureux, le propriétaire moins épouvanté.

Nous poursuivons (je me trompe, car je ne suis pas de la société des *Droits de l'Homme*), cette société poursuit cette révolution toute pacifique. Elle la poursuit avec ardeur par ses publications. Mais, ne croyez-vous pas que tous les bons citoyens devraient apporter le tribut de leur intelligence dans cette œuvre de philantropie? N'y a-t-il pas là un apostolat qui puisse passionner les cœurs élevés? N'y a-t-il pas là une pensée qui soit digne aussi des esprits les plus positifs ? N'y.a-t-il que les esprits anarchiques, que les partisans de la loi agraire, que les infâmes amis du pillage, qui puissent arborer le drapeau de la Déclaration des droits? Jugez, messieurs, la France jugera aussi.

Ces développemens ont été bien longs, mais il fallait en finir avec la calomnie. Désormais, quiconque viendra dire aux membres de la société des *Droits de l'Homme* : Vous voulez la loi agraire, mentira avec la volonté de mentir ; et chacun pourra lui répondre : Vous êtes un calomniateur.

Ainsi vous voyez encore pour quelle raison la société des *Droits de l'Homme* a préféré la Déclaration de Robespierre à la Déclaration de la Convention. La Convention n'avait continué la révolution qu'au profit de la bourgeoisie ; Robespierre voulait que la révolution portât aussi quelque profit au prolétariat, moins par l'aumône que par la dispense des charges publiques. La conception de Robespierre était donc plus large, plus philantropique, plus politique. Elle était une conception d'avenir. (Applaudissemens prolongés dans l'auditoire)

Tous les accusés ont été acquittés ; mais la cour ayant statué sur les réserves faites contre les défenseurs, MM.es Dupont, Michel et Pinard ont reçu le prix de leurs nobles et courageux efforts, le premier par une suspension d'un an, les deux autres par une suspension de 6 mois.

C'est là une horrible atteinte au droit de défense, un véritable attentat au droit de propriété qui doit jeter de bien autres inquiétudes parmi les bons esprits que toutes les âneries et les déclamations creuses des journaux ministériels au sujet de la *Société des Droits de l'Homme.*

Voici un extrait des défenses prononcées en cette circonstance par MM.es Michel et Dupont. :

Me Michel se lève, et d'une voix énergique prononce ces paroles.

« Je sue en commençant, mais ce n'est pas de honte, c'est de colère et d'indignation ; vous pouvez me condamner, mais l'avocat du roi ne fera pas de moi un accusé ou un coupable. Je respecte la magistrature ; sans elle la loi, ce premier bienfait de la société, serait inutile ; la magistrature est la loi vivante ; mais il est quelque chose que je respecte encore davantage, c'est la vérité ! La vérité, comme homme je l'approfondis ; comme citoyen, je la propage ; comme avocat, j'ai mission de la faire triompher. Qu'exige-t-on ? Je suis arrivé à un âge où la passion ne sert plus d'excuse, et j'exerce une profession qui ne me permettrait pas de me livrer à l'emportement.

Altérer des pièces, d'après le *Dictionnaire de l'académie*, c'est faire un faux. Le fonctionnaire public qui, en rédigeant un acte, suppose des conventions qui n'existent pas, se rend coupable de faux; c'est la définition légale. Moi, en comparant l'acte d'accusation et les pièces, j'ai remarqué une altération, je l'ai appelée faux et je persiste! Eh quoi! les avocats sont-ils donc les esclaves des gens du roi: j'aurais abdiqué mon intelligence et ma conscience, parce que sur mon habit de citoyen j'aurais revêtu la toge de défenseur! Connaissez-nous mieux, messieurs: il peut très-bien se faire que vous me suspendiez; il peut se faire encore qu'on espère, à l'aide d'une pareille mesure, me réduire à la misère. Non! non! je ne tendrai pas la main, et si je la tendais à ceux à qui j'ai sauvé l'honneur et la réputation, je serais plus riche que ne le sera jamais M. le procureur-général après toutes les munificences royales. (Bravos!)

L'avenir est dans le sein de Dieu, et les rôles peuvent changer! Qu'on nous suspende, et ces hommes qui se sont voués à la défense de la liberté se voileront la tête en attendant des jours meilleurs! Dites, messieurs, dans votre arrêt, dites que vous me rayez! mais dites aussi: Le jour où il fut ainsi rayé, il avait fait 60 lieues, il avait abandonné ses affaires pour la défense de la liberté et il avait obtenu l'acquittement d'innocens opprimés! Et je transmettrai ce legs à mes enfans, et ce patrimoine en vaudra bien un autre! (Marques d'approbation.)

On devait se presser d'un jour! Si vous aviez prononcé ma suspension hier, je n'aurais pas défendu ce d'Argenson, l'ami de ce peuple qui souffre, de ce peuple dont les intérêts sont sacrés pour moi. Messieurs, le jour de la justice arrivera pour nous, pour les gens du roi, pour vous, si vous devez nous condamner!»

Des applaudissemens éclatent dans toute la salle. Il est impossible de rendre l'impression produite par cette entraînante improvisation.

Après quelques secondes accordées à l'agitation des auditeurs, Me Dupont prend la parole en ces termes:

«Vous avez accusé Raspail d'hypocrisie, et vous, vous venez de dire que c'était avec regret que vous demandiez ma radiation. Moi, je vous réponds: Vous ne dites pas la vérité. Vous voulez vous venger en un jour de trente défaites que je vous ai fait subir depuis trois ans, voilà le seul motif de vos réquisitions. Le pays jugera la fin du drame comme il en a jugé le commencement.

Vous dites que Laubardemont est flétri par l'histoire, et vous ne voulez pas que je flétrisse votre procureur-général! Vous me dites que la postérité de Laubardemont cache *son nom honteux* et se voile le front; vous demandez si je veux condamner les fils du procureur-général à rougir du nom de leur père? Moi, je vous réponds: Si Laubardemont avait vécu de mon temps et qu'il eut été faussaire, je lui aurais dit en face: Vous êtes un faussaire; et si Laubardemont avait eu des fils, je leur aurais dit: Prouvez-moi que j'ai calomnié votre père; prenons des épées, voilà ma poitrine.

Quand vous avez, il y a quatre jours, suspendu vos menaces sur ma tête; quand nos cliens voulaient se priver de notre secours pour ne pas nous exposer à vos haines, je vous ai dit: Quel que soit le sort qui m'est réservé, je ferai mon devoir; je l'ai fait pour venir perdre mon état devant vous; j'ai veillé sept nuits sur douze; maintenant donnez-moi le salaire de mes veilles. (Mouvement.)

Moi, je n'ai pas besoin de mon état pour manger un pain honteux, entendez-vous, M. l'avocat du roi? j'ai une famille qui ne rougira pas de moi quand je sortirai de cette enceinte. entendez vous? Si j'en étais réduit à une honorable mendicité, j'ai des amis qui partageraient avec moi leur dernier morceau de pain, comme j'ai partagé avec eux les travaux d'une noble lutte, comme je partage avec eux l'honneur de vos persécutions, entendez-vous cela? »

J'ai dit: « Des altérations de faits, des altérations des témoignages écrits, des falsifications de pièces, la supposition inexplicable d'une pièce à charge dans le dossier de Kersosi, la violation du secret des lettres, ou ce qui n'est pas moins immoral, l'usage de ces lettres violées, l'exhumation de documens jugés depuis plus d'un an dans d'autres procès, la violation du secret des affections les plus intimes, la diffamation, l'injure, la calomnie, voilà les bases de l'acte d'accusation; voilà les bases de cet acte que l'on peut regarder, sans se tromper, comme le premier exposé des motifs de la loi future sur les forts détachés. »

Cette phrase est fidèle. Les journaux ont exactement rendu ma pensée. Je ne viens pas la dénier, je viens la justifier en prouvant de nouveau qu'elle est vraie, comme je l'ai prouvé au jury. Car mes phrases n'étaient pas des allégations futiles, elles étaient le résumé de ce que j'avais démontré.

Deux mots sur la moralité du réquisitoire. J'ai plaidé pendant deux heures; pendant deux heures j'ai plaidé sans être interrompu; j'interrogeais même l'œil, le geste du président de ces débats; je cherchais à sonder sa pensée; je n'ai vu ni dans ses traits, ni dans ses gestes, la moindre marque de désapprobation. Ce silence n'aurait-il été qu'un piége?

La calomnie! l'injure! la diffamation! Ces mots vous étonnent et vous scandalisent. Lisez donc avec moi l'acte d'accusation de votre procureur-général; je vous indique les pages 2 et 4, et vous y lirez.....

M. Delapalme ne prenant pas l'acte d'accusation, Me Du
pont lui dit : Prenez votre acte d'accusation, vous dis-je, je
vous condamne à lire ce que vous avez écrit. (Mouvement.)

Ici Me Dupont se livre à un examen et à une discussion
raisonnée de l'acte d'accusation, et prouve qu'il contient
sciemment calomnie, diffamation contre les accusés, neuf
altérations et suppositions de faits, et une falsification de
pièces.

Nous regrettons vivement de ne pouvoir reproduire cette
partie décisive de la plaidoirie de Me Dupont, c'est une des
plus habiles improvisations qui aient été faites.—Après cette
discussion, l'orateur termine ainsi :

» Magistrats, vous êtes avant tout soumis au jugement de
l'opinion publique. Pourquoi les journalistes sont-ils ap-
pelés dans cette enceinte? Est-ce pour qu'ils aient seulement
à rendre compte des débats et satisfaire la curiosité d'un
peuple d'oisifs ? Non. C'est pour que le public vous juge à
votre tour, vous qui jugez les autres. Ce n'est point ici une
froide spéculation de la part de la presse : c'est un acte de
haute moralité. Quand j'ai vu que la presse pénétrait sous
ces voûtes, je me suis dit : Le pays tout entier y vient avec
elle. (Se tournant vers le bureau des rédacteurs de journaux.)
Journalistes, vous avez reproduit avec fidélité ma pensée
tout entière : je vous en remercie. Ce que j'ai dit pour que
vous le répétiez au pays, je le répète une seconde fois ; ce
ne sera pas ma faute si le pays l'ignore.

(A la cour.) De quelque côté que je considère ce que j'ai
dit, je me félicite de l'avoir dit. Est-ce avec intention que nôtre
commissaire a mutilé des pièces, altéré des témoignages,
supposé des faits? Il est *coupable*. Est-ce par légèreté? mais
il y a long-temps qu'on a dit que chez le magistrat la légèreté est un crime. — Et vous voulez que je me taise! Moi
qui dirais la vérité devant le bourreau, je ne la dirais pas
devant des juges? Mais vous me prenez donc pour un misé-
rable ? J'endurerai la persécution, et je n'endurerai pas l'i-
gnominie.

» Ce qui vous scandalise surtout, c'est que je vous ai dit :
« Je vous rappelle à la pudeur. » Après toutes les plaintes
que j'avais le droit de porter contre le procureur-général, il
me semble qu'en appeler à sa pudeur, c'était le langage le
plus doux que je pusse tenir. Me suis-je trompé? Serait-il donc
vrai qu'il ne soit plus permis de faire un appel à la pudeur et à
la conscience de M. le procureur-général? Quoi qu'il en soit,
je le répète pour qu'on le sache bien, nos accusations s'a-
dressent spécialement à M. Persil. J'ai dit qu'une main sacri-
lége avait chassé la justice de son trône céleste pour la pré-
cipiter dans la boue des cités. C'est encore là une des phrases
que vous me reprochez : c'est encore à lui qu'elle s'adresse.

» Vous vous êtes affligés de m'entendre dire que pas un seul pouvoir n'était aujourd'hui digne de nos respects ; et moi aussi je me suis affligé de l'avilissement que l'on a fait subir à la magistrature ; je me suis affligé de ce qu'au milieu de tant de pouvoirs qui passent, pas un seul, même la justice, ne restât debout sur son piédestal. Vous m'accusez, vous auriez dû me louer ; vous m'accusez, mais le pays me saura gré des paroles de deuil que j'ai fait entendre dans ces tristes débats.

Vous dites que les termes dans lesquels j'ai flétri l'accusation ont eu du retentissement, et vous me le reprochez. Il y a une autre chose qui, pour l'honneur de l'humanité, n'aurait pas dû sortir de l'obscurité de cette enceinte, c'est l'accusation elle-même. On n'aurait pas eu sous les yeux l'exemple scandaleux d'un magistrat demandant la déportation de 27 citoyens , avec *pas une pièce vraie.* »

Après une réplique de M. Delapalme, et de Mᵉ Delangle au nom de ses trois confrères , la cour se retire pour en délibérer.

Les autres défenseurs présens à l'audience font passer à la cour une note signée, par laquelle ils réitèrent la demande d'être considérés comme solidaires des paroles reprochées à Mᵉˢ Michel et Dupont.

La cour rentre après trois heures de délibération. Aussitôt Mᵉ Fenet, portant la parole au nom de ses confrères, prie la cour de statuer sur leurs conclusions. Mais M. le président interrompant, et lui interdisant la parole, prononce l'arrêt qui condamne Mᵉ Dupont à un an de suspension, et MMᵉˢ Pinard et Michel à six mois.

www.ingramcontent.com/pod-product-compliance
Lightning Source LLC
Chambersburg PA
CBHW061732180626
46818CB00006B/2567